ROLFGANG VONG GOETHE

HALLO I BIMS DER FAUST!

ROLFGANG VONG GOETHE

HALLO I BIMS DER FAUST!

EXTREMST WICHTIGE BÜCHER VONG BILDUNG HER ERKLÄRT FÜR 1 JUGEND VONG HEUTE

riva

Gewidmet meim brain
– vong Genie her.

INNEN DRIN

HALLO I BIMS DER AUTOR

Liebe Freumde,

was ist das für 1 komplizierte Welt. Steuererklärumg machen, passives Abseits erklären, Ironie erkennen, Schnürsenkel binden.

Wie soll man denn da noch time haben, Bücher zu lesen? Und verstehen kann die ja auch niemand mehr vong Sprache her, nämlich. Voll complicated alles. Daher hier endlich mal ein paar extremst wichtige Texte erklärt für ganz normale people und nicht die Hardcore-Spießer vong 1 Uni.

Havt fun.

Rolfgang vong Goethe

I DENKE
ALSO I BIMS

– free nach Descartes

FAUST I

Doktor Heinrich Faust ist 1 Wissenschaftler vong Beruf her – abba er findet sein Studieren ultra lame. »Was is das für 1 life?«, fragt er sich. Beschwört Geister und hofft auf Hilfe vong magic her. Übelster Freak.

Sein nerdiger Helfer, Famulus Wagner, checkt nicht, was Faust für 1 Problem mit seim life hat, und Faust beschließt, sich selber zu killen. Hört Osterglocken, denkt an wo er jung war und sein Mudda und traut sich doch nicht, weil er so sendimental is vong Gefühl her. Mimimi.

Also geng Faust und Wagner spazieren. Voll gay. Faust redet wirres Zeug: »Zwei Seelen wohnen, ach, in meiner Brust und 1 will lieber denken und 1 lieber nich so.« Dabei läuft ihnen so ein hässlicher Köter nach.

Später is Faust wieder in seiner Hood, auf einmal der Hund so: »Hallo i bims der Teufel!«

Beide gehen erst mal saufen.

Danach gibt der Teufel Faust ein Zaubertrank, der ihn jünger macht vong Alter her. Alle Chicks so: »Was für 1 geiler Typ!«. Faust trifft Gretchen und is sofort deep in love. Abba Gretchen denkt, Faust is 1 netter Mann vong Niceigkeit her, weil er ihr 1 Kette schenkt. Diese Nullchecke.

Der Teufel is übelst sauer auf Faust, weil die Mudda vong Gretchen dem Pfarrer gepetzt hat, dass er ihr 1 Kette geschenkt hat. Faust kriegt den Hals nicht voll und will der Bitch noch mehr schenken. Labert daher die Nachbarin zu, 1 meeting zu organisen.

Faust und Gretchen treffen sich und talken peinlichen shit.

Faust merkt, dass der Teufel ihn durcheinanderbringt vong Gleichgewicht her. Teufel sagt zu Faust, er soll jetzt endlich die Alte knallen. Yolo! Faust hat voll peinlich Bedenken.

Gretchen is auch juckig und will Faust endlich wieder treffen. Sie stellt 1 dämliche Frage vong Religion her. Faust labert drumrum – hats wahrscheinlich nicht gecheckt.

Gretchen soll ihra Mudda Schlaftabletten geben, damit sie ungestört mit Faust rummachen kann. Bitchmove! Vertut sich abba vong Dosierung her. Gretchen und Faust machen rum, Mudda stirbt.

Valentin taucht auf (»Hallo i bims Gretchens Bruder«) und is derbe sauer auf Faust vong Familienschande her. Beide fangen

1 Messerstecherei an, und der Teufel macht, dass Faust Valentin ersticht. In your face.

Gretchen fühlt sich total unlocker, weil schuldig und so. Ist außerdem überfällig vong Periode her und hat Angst, schwanger zu sein. Geht in der Kirche beten, während Faust und der Teufel mit den Hexen am Blocksberg Party machen.

Faust is voll auf Zaubertrank. Kriegt irgendwann auch mal mit, dass Gretchen das Baby ertränkt hat und selber im Knast sitzt. Will dann mit dem Teufel Gretchen befreien, weil die sonst stirbt vong Hinrichtung her. Die is abba nicht so ein Arsch wie Faust und lässt Gott über ihre Strafe vong Gerechtigkeit her entscheiden.

Gretchen stirbt. Faust und Teufel laufen weg. Fail.

Ende vong Teil I.

Teil II is 1 crazy shit. I han kein Plan, worum das geht.

SEI SO AM BEEN, DASS DEINE HANDLUNG 1 GESETZ WERDEN KÖNNTE VONG MAXIME HER

– free nach Kant

STOLZ UND VORURTEIL

Elizabeth Bennett hat 4 sistaz vong family her. Echt flye bitches. Alle wohnen in Großbritammien, wo is neben Deutschland. Mit bisschen ocean dazwischen. Die Eltern wollen unbedingt, dass die Mädels endlich mal brettern und heiraten und so.

Als in der Hood jemand einzieht, sagt die Mutter zu Elizabeth: »Ey, Liz, dein neuer Nachbar is Franzose!« LOL, nee, nur Spaß. Is auch Engländer. Er heißt Charles Bingley und is ultra rich vong Geld her. Außerdem hat er noch seinen Bro mit am Start, Mr Darcy. Der is noch viel richer, abba voll der fucking Prolet, deswegen mag ihn keiner, vor allem Elizabeth nich.

Dann findet ein Ball bei den Jungs statt. Ball is sowas wie Hausparty. Nur mit schlechterer Mucke. Alle tanzen, abba Mr Darcy findet Liz nicht heiß genug und lässt sie sitzen. So ein Lauch. Sie is sauer und sagt: »Hallo i bims 1 Granate vong Schlagfertigkeit her« und zickt Mr Darcy an. In der Zwischenzeit hat sich ihre große Schwester Jane von dem Bro vong Mr Darcy aufreißen lassen.

Dann is da noch Mr Collins. Übelster Freak und Kuseng von den Bennet-Uschis. Will Liz heiraten, die findet den abba eklig vong Charakter und Aussehen her, und deshalb heiratet Collins die BFF von Liz. Die is nämlich schon uralt – 27 – und hat Angst, dass sie sonst keinen mehr abkriegt.

Liz lernt nen Offizier kennen, der in so nem bootcamp in der Stadt ist. Er erzählt Liz den übelsten shit über Mr Darcy, nur weil er selbst es nich drauf hat. Liz hat 1 Vorurteil gegenüber Darcy (wahrscheinlich nur, weil das Buch so heißt vong Titel her). Der fängt nun abba an, Liz doch heiß zu finden, weil sie so kluk is vong Labern her.

Jetzt wird's bisschen kompliziert vong story her: Bingley (der Typ von Jane) muss zurück nach London, wo vorher seine hood war, und lässt Jane sitzen, obwohl die voll in love is. Liz is abba voll clever vong Durchblick her und denkt, dass die olle Schwester vong Bingley schuld is, weil die eifersüchtig is vong andere Frauen und so her. abba da kannste nix machen. Isso.

Liz besucht also ihre uralte BFF, die jetzt umgezogen is und bei der Tante vong Darcy wohnt, und trifft da Fitzwilliam, wo 1 Colonel is und Darcy kennt. Der sagt auch, dass Darcy schuld is am Trennung vong ihrer Schwester und Mr Bingley.

Liz is total aggro deswegen. Aber plötzlich is auch Darcy da und macht Liz 1 Heiratsantrag. Labert noch bisschen romantisch rum, dass sie so arm und ihre Familie so assi is, abba dass er sie trotzdem voll subba findet. Obwohl er sich voll Mühe gibt vong Romatik her, sagt sie Nein. Wegen Stolz und Lügenshit vom Offizier und weil sie aggro is wegen ihra sista und weil er ihre family assi findet und und und.

Darcy schreibt jetzt einen Brief (sowas wie WhatsApp, nur ohne Internet). Da steht drin, dass er dem Offizier nichts getan hat, blabla, der Offizier voll die bitch is, blabla. Sagt abba auch, dass er wirklich versucht hat, Jane und Mr Bingley zu trennen. Voll der Lauch. abba nur, weil Jane gar nich richtig in love is und er seinen Bro vor der assi family schützen wollte. Blabla.

Liz is bisschen beeindruckt vong 1 Brief, hat abba trotzdem keim Bock, Darcy zu heiraten.

Dann is irgendwie Sommer und Liz macht Urlaub mit Tante und Onkel. Zufällig in der Nähe vong Landgut vom Darcys. Sie gehen das Haus angucken. Liz is übelst beeindruckt, weil das Haus so fame is. Zufällig treffen sie dann auch Darcy. Verrückt. Der is abba voll nett vong Umgang her. Jetzt is Liz auch deep in love mit Darcy. Sagt's abba net.

Liz erfährt, dass ihre kleine sista mit dem Lügenoffizier durchgebrannt ist. Whaaaat? Deshalb will sie schnell nach Hause, um ihren Eltern zu helfen. Rummachen ohne Hochzeit is voll out vong Gesellschaft her. Darcy denkt, er is schuld, weil er nicht gesagt hat, was der Offizier wirklich für ein Arsch is und will auch helfen. Er findet die beiden in London und gibt ihm Geld, damit er Liz' sista heiratet. Dann macht er noch, dass Bingley wieder Jane gut findet. Davon hat Liz abba null Checkung.

Erst wo noch mal die Tante vong Darcy kommt, realized sie das. Weil die findet Liz doof und will sie nicht in der Familie ham, abba Liz will dann doch, abba das is auch wieder nur so blabla, bis endlich alle glücklich sind und 1 Partner gefunden han.

Alle heiraten sich gegenseitig.

Ende.

BEEN ODER NICHT BEEN, THAT IS THE QUESTION

– free nach Shakespeare

DIE LEIDEN DES JUNGEN WERTHER

Tagebuchform. Das is wie WhatsApp-Chat, abba die Antworten vom 1 andern fehlen. Total krass kompliziert vong Lesen her.

4. MAI 1771

Hallo Wilhelm, i bims der Werther. Mir geht es gut, wie geht es dir?

I bim in Wahlheim (das heißt so, weil ich mir mein Heim selber ausgesucht hab vong Wahl her). Muss dringend meine Olle vergessen und außerdem was für die Mudda regeln.

10. MAI 1771

Hallo Wilhelm, i bims der Werther. Mir geht es gut, wie geht es dir?

Voll schön hier vong Niceigkeit her. Bim viel am Malen dran und lauf so durch die Gegend. Neulich so'n Typen getroffen, der mich eingeladen hat. Hab's natürlich total verplant, kennst mich ja. Abends mit den Kollegen hier hart Party gemacht und 1 flye bitch getroffen. Heißt Lotte. Und is – krasser Zufall! – die Tochter vong den Typen. Leider geil, ne?

Hab den ganzen Abend mit ihr abgedanct und gelabert. Dann hat irgendwann abba ihre hässliche Freundin gesagt, dass sie mal chillen soll, weil sie ja schon mit Albert verlobt is und das echt voll der bitchmove wäre vong Betrug her.

1. JULI 1771

Hallo Wilhelm, i bims der Werther. Mir geht es gut, wie geht es dir?

Bin deep in love mit Lotte. Konnte sie gestern net sehen und hab mal 1 zu ihr geschickt, damit er sie sieht und mir von ihr erzählt. Klingt übelst freakig vong Stalken her, oder? Abba ich hab sonst so ein Loch in meim Herz, verstehst? Und sonst is hier einfach alles so toll vong Atmo her! So fame!

30. JULI 1771

Hallo Wilhelm, i bims der Werther. Mir geht es so lala, wie geht es dir?

Albert is back. War auf Reise vong Geschäft her (und wir 2 wissen, was das heißt ...). Wollte ihn übels anpissen, abba is eigentlich 1 netter Mensch vong Niceigkeit her. Will bisschen in die Berge riden und hab mir ne Knarre von Albert geliehen, man weiß ja nie. Die ganzen gangsta und so.

Wollte Lotte noch Schüss sagen, abba hab sie nich mehr gesehen. Hat ihrer Mudda auch versprochen, dass sie Albert heiratet. #fünftesradamwagen

Bin dann mal weg.

20. OKTOBER 1771

Hallo Wilhelm, i bims der Werther. Mir geht's kacke, wie geht es dir?

Hab nen neuen Job. Am Hof, das is so bisschen wie Schloss, nur anders. Hab zwar ne Menge flye chicks um mich rum, abba muss immer an Lotte denken. Voll hart vong Sehnsucht her.

(Arbeit ... mimimimi ... Chef ... mimimimimi ... Lotte ... mimimimimi ... bürgerliche Herkunft ... mimimimi.)

Werd wohl erst mal weiterreisen.

29. JULI 1772

Hallo Wilhelm, i bims der Werther. Mir geht es schlecht, wie geht es dir?

Bin zurück in Wahlheim. Lotte Lotte Lotte Lotte.

4. SEPTEMBER 1772

Hallo Wilhelm, i bims der Werther. Mir geht es schlecht, wie geht es dir?

Es is alles so schlimm vong Liebeskummer her. I bim so in love und darf es keim Menschen zeigen. Albert will, dass Lotte mich nicht mehr sieht. Der Sack. Im Dorf is wohl schon derbe gossip über uns am Start und das is ihm peinlich vong Schämen her. Lotte sagt, ich soll nen Roadtrip machen tun und mich in ne andere verlieben. Sagt, ich will sie nur, weil ich sie nich han kann. Typisches Weibergelaber.

20. DEZEMBER 1772

Hallo Wilhelm, mimimimi.

War bei Lotte. Klopstock. Voll krass intensiv vong Emotionen her. I bim so verliebt. Ham bisschen rumgemacht. Lotte is hysterisch geworden und hat mich rausgeschmissen. Was für 1 bitch. I bim trotzdem so verliebt.

23. DEZEMBER 1772

Was is das noch 4 1 life?

Werther erschießt sich. Hats abba nicht so drauf vong Schießen her und lebt noch bis zum nächsten Morgen. Dann 1 Beerdigung. Lotte, Albert und Pfarrer kommn nicht. Die Assis.

Ende.

GIB JEDEM DAY DIE CHANCE, DER NICESTE VONG DEIM LIFE ZU WERDEN

– free nach Mark Twain

DAS BILDNIS DES DORIAN GRAY

Basil Hallward is Maler. Der hat 1 Bild in seiner Werkstatt stehen mit 1 Typen drauf. Lord Henry (ja, der heißt wirklich so) is zu Besuch und guckt sich das Bild an und will wissen, wer der Typ is, weil er ihn heiß findet vong Aussehen her. Bisschen gay. Der Maler so: »Des is 1 neue Richtung in der Kunst, so mit Leidenschaft und Romantik und den Griechen.« Abba der Lord will den Typen auf dem Bild, wo heißt Mr Gray (kennt ihr, ne? Is abba 'n anderer ... mit A) kennenlernen, obwohl der Maler Angst hat, dass der Lord einen schlechten Einfluss auf Dorian Gray hat vong Umgang her.

»Hallo i bims Dorian.« – »Hallo is bims der dunkle Lord.« Beide labern bisschen über Kunst und so, und Dorian will sein selfie zum ersten Mal sehen. Findet es dann auch mega geil und stellt zun ersten Mal in seim life fest, wie toll er is vong Aussehen her. Hat jetzt abba auch übelst Angst vorm Älterwerden vong Falten her und jammert – mimimimi –, dass das Bild statt ihm selbst älter wern soll, und will das Bild vom Maler han.

Der Lord will mehr über Dorian wissen vong Herkunft her und besucht seinen Onkel, wo auch 1 Lord is. Da sind nur so Proleten und es wird bisschen über die Gesellschaft gelästert. Eigentlich voll unwichtig.

Lord und Dorian gehm ins Theater. Das is wie Kino, nur mit echten Menschen. Und ohne Popcorn. Dorian findet die Schauspielerin heiß und sagt dem Lord, dass er verliebt is. Dann sind die auch schon verlobt. Das Mädel, Sybil, erzählt dann ihrer Mudda und ihrm Bruder von der Verlobung, und der Bruder sagt: »Wenn der Pisser dich nicht gut behandeln tut, dann gibt's Blutrache – ich schwör, Alda.«

Dorian sagt dem Lord auch, dass er verlobt ist. Der sagt's dem Maler, der das nicht gut findet vong 1 Entfremdung her. Dorian kommt dazu und schwärmt bisschen von seiner Alten. Er findet's mega, dass er so eigemtlich nicht nur eine Frau hat, sondern ganz viele Theaterheldinnen auf einmal küssen kann. Läuft bei ihm. Will Sybil berühmt machen und sie aus dem Billo-Theater freikaufen.

Alle drei gehen ins Theater, um Sibyl zu sehen. Allerdings wird das voll der fail, weil sie ne übelst schlechte Anfängerin ist. Die Zuschauer gehen sogar früher – und nicht, weil sie zur Bahn müssen. Dorian fragt sie, was der Scheiß soll, und sie sagt, dass sie nicht mehr schauspielern kann, weil früher waren die Rollen ihr life und jetzt is wegen ihm ihr life ihr life.

Dorian is sauer und geht erst mal feiern. Kommt dann im Hellen nach Hause und sieht, dass sein Bild sich verändert hat vong

Aussehen her. Grausamkeit im Gesicht und so. Checkt jetzt, dass das Bild seine Geschichte erzählt, bereut alles und will Sibyl jetzt doch wieder heiraten.

Lord Henry kommt mit den news vorbei, dass Sibyl sich umgebracht hat. Dorian is ganz kurz traurig, dann geht's wieder. Wirft ihr Egoismus vor und sagt, dass sie eh voll die drama queen war. Will dann später mit dem Lord in die Oper (das is jetzt wieder bisschen wie Theater, nur mit Singen und dass am Ende meistens 1 stirbt).

Der Maler findet das Verhalten vom Dorian strange und will das Bild sehen. Dorian lässt ihn abba nicht und versteckt das Bild.

Lord Henry macht aus Dorian dann nen krassen Draufgänger. Er geht feiern und verhält sich wie 1 It-Girl. Das Bild wird immer hässlicher, während er schön bleibt vong Aussehen her.

Kurz bevor Dorian 38 wird, trifft er den Maler wieder. Der will eigentlich gleich los auf 1 Reise, redet abba noch kurz mit ihm. Labert Dorian dann voll, dass er aufpassen soll mit seim jetset-life und tut bisschen so, als wäre er seine Mudda. Dorian is sauer und zeigt ihm das Bild. Der Maler is shocked, weil das Bild jetzt krass hässlich is vong Aussehen her und man Dorian gar nicht mehr richtig erkennt.

Checkt, was da passiert, und deshalb ersticht Dorian ihn noch schnell.

Dorian dreht jetzt voll am Rad. Lässt die Leiche entsorgen, verbrennt Beweisstücke und is nervös. Fährt dann in 1 Opiumhöhle, erst mal schön einen durchziehen. Hat auf der Fahrt schon crazy Bilder im Kopf von 1 Halluzination her und findet alles nur noch hässlich.

Zufällig trifft er den Bruder vong seiner Ex, der ihn umbringen will. Der denkt aber, weil Dorian noch so jung is vong Aussehen her, dass er den falschen Kerl vor sich hat. Ne Nutte klärt das Ganze dann auf, abba da is Dorian schon weg.

Dorian schiebt seitdem abba übelste Paranoia und hat Angst vong seim life her. Dann wird auf einer Jagd zufällig 1 erschossen. Zufällig is das der Bruder von Sybil. Dorian is hart erleichtert und will nun sein life ändern.

Er sagt dem Lord, dass er den Maler getötet hat. Der Lord glaubt ihm abba nicht, weil er Dorian für 1 Weichei hält. Beide labern wieder bisschen was von Kunst und Seelen un so, und Dorian gibt dem Lord die Schuld an allem. Checkt dann aber, dass es eh zu spät is und er nix mehr ändern kann.

Das Bild is mittlerweile echt gruselig. Dorian will es kaputtmachen, weil es auch noch seim Verbindung zu den toten Maler beweist. Er zieht das Messer. Dann wird seine Leiche gefunden, hässlich vong Aussehen her und daneben das wunderschöne Bild, so wie es an Anfang dran aussah. Was 4 1 life.

Ende.

DAS LIFE IST WIE 1 SCHACHTEL PRALINEN, MAN WEISS NIE, OB MAN DIE EKLIGEN MIT WHISKEY KRIEGT

– free nach Forrest Gump

DIE BIBEL – TEIL 1 VONG AUSZUG HER

DER SÜNDENFALL UND DIE VERTREIBUNG AUS DEM PARADIES

Und die Schlange so: »Hallo i bims die Schlange! Wolle Apfel essen?«

Und Eva so: »Der Babo hat uns gesagt, dass wir k1 Apfel essen sollen vong den Baum, wo mitten im Garten steht. Nur das Obst vong dem restlichen Garten is safe. Wenn wir dennoch vom Baum essen, sind wir hier alle nicht mehr so happy am been.«

Und die Schlange so: »Nope. Natürlich seid ihr dann immer noch happy am been, die Äpfel sind sogar extrem lecker vong Geschmack her. Der Babo will nur nicht, dass ihr davon esst, weil ihr dann genauso kluk werdet wie er und er das nicht so nice findet vong Neid her.«

Und Eva so: »Oki.«

Und Adam so: »Hey, bitch, gib mir auch 1 Apfel!«

Und Eva so: »OMG, ich kann sehen!«

Und Adam so: »Alter, Eva, du bist nackt! Nimm so ein Blatt hier und bind dir das um vong Schlüppa her. Und jetzt versteck dich, der Babo is am Start.«

Und dann – Überraschung – auch schon Gott himself.

Und Gott so: »Ey, Adam, wo bist du denn am been?«

Und Adam so: »Ich bin nackt und hab mich hinter 1 Busch versteckt.«

Und Gott so: »Ey, Adam, hast du etwa von 1 Baum gegessen? Oder woher weißt du sonst, dass du nackt bist vong Aussehen her?«

Und Adam so: »Die Frau war's! Die Frau war's!«

Und Gott so: »Ey, Eva – wtf?«

Und Eva so: »Die Schlange hat mich voll verarscht vong Betrug her!«

Und Gott so: »Schlange, du bist so 1 Alpha-Kevin. Du bist verflucht und musst jetzt auf dem Bauch kriechen und Erde fressen.

4eva. Und btw, Eva: Du bist ja hier auch nicht ganz unschuldig vong Sünde her, deswegen sollst du leiden und Kinder kriegen mit viel Leid vong Schmerzen und vong Blut her und der Mann soll dein Bestimmer sein. Und Adam: Du hast ja auch vong 1 Baum gegessen, also musst du Bauer werden und dich ab sofort selber um dein Essen kümmern. In your face.«

Und Adam und Eva mussten einen Schuh machen und vor dem Park Eden campen und ackern. Dafür konnten sie jetzt wie Gott zwischen good und bad unterscheiden. Yay.

Und Adam und Eva so: »Alter, was is das 4 1 life?«

Ende.

I WEISS DASS
I NIX WEISS

– free nach Sokrates

DAS PARFUM

1 Franzose mit den komischen Namen Grenouille (sprich: Gre-nu-il) hat 1 komisches Talent vong Erinnerung her: Er kann sich alle Gerüche merken. Voll das brain. Er selber tut abba gar nich riechen, was die andern Leute bisschen strange finden. Deshalb dissen sie ihn als Kind. Sein life wird abba besser, als er ins Waisenhaus kommt, weil die Muddi da keinen Geruchssinn hat. Allerdings is sie auch nicht so die Liebe vong der Niceigkeit her, und Grenuil wird ein bisschen ein Freak. Auch die anderen Kinder han Angst vor ihm und versuchen sogar, ihn umzubringen weil er so strange ist.

Grenuil fängt an, Gerüche zu sammeln. Voll eklig. Mit 8 muss er dann raus ausm Waisenhaus, weil er zu groß is vong Alter her. Arbeitet dann als Gerber. Das sind die, die aus Haut Leder machen, mit lauter Chemie und so. Krasser shit. abba weil er so ein Pro is, darf er in seiner freien Zeit machen, was er will. Also sucht er nach neuen Gerüchen. Weil abba alle Menschen übelst stinken, findet er bald nix Neues mehr. Plötzlich is das abba was ganz Neues vong Geruch her, und er rennt ihm hinterher. Gehört zu 1 flyen bitch, und weil er den Geruch so toll findet, tötet er sie. Klar. Voll der Alpha-Kevin. Merkt dann nämlich auch selber, dass der Geruch weggeht, wenn die Uschi tot ist. Will jetzt unbedingt rausfinden, wie man Gerüche für immer aufhebt.

Eines Tages trifft Grenuil einen Parfümeur (sprich: Parfümöa) und will unbedingt auch dem sein Beruf lernen. Mixt also ein Parfüm zusammen, und der Babo is hart beeindruckt und sagt, er kann jetzt sein Lehrling sein vong Ausbildung her. Der Gerber stirbt dann übrigens. Grenuil macht jetzt die ganze Arbeit, und der Babo tut so, als wäre alles von ihm. Abba Grenuil lernt, wie man Gerüche haltbar machen kann, nämlich mit Destillation (sprich: Dis-til-jon). Jetzt will er auch so crazy stuff wie Eisen oder Glas festhalten, abba das geht natürlich nich. Also wird er mega traurig und kriegt Pocken. Als alle schon denken, er stirbt gleich, erfährt er, dass es noch 1 anderes Verfahren gibt vong Haltbarmachung vong 1 Duft her. Er wird schnell gesund und reist dahin, wo die wissen, wie das geht. In der gleichen Nacht stürzt das Haus vong sein Ex-Babo ein und der stirbt natürlich auch.

Grenuil findet aufm Dorf die Menschen noch ekliger vong Geruch her als in da ciddy. Zieht deshalb mal vorübergehend für 7 Jahre kurz in ne Höhle. Da sitzt er dann rum und geilt sich an den Gerüchen auf, die er gespeichert hat. Freak. Kriegt dann auf einmal Angst vong 1 Albtraum her und merkt mal wieder, dass er selber nicht riecht. Dreht am Rad und will wieder unter Menschen.

Er geht jetzt in die Stadt, wo die dieses andere Verfahren han vong Haltbarmachung her. Lernt bei so ner Muddi, dass er Fett und so Zeug dafür nutzen kann und konserviert (sprich: kon-sawiad) alles Mögliche. Trifft dann wieder 1 flye bitch, die er mega faszinierend findet vong Geruch her und will sie abba noch nich klarmachen, damit der Geruch sich noch entwickeln kann.

Dann is auf einmal 1 Aufruhr in der Stadt vong Drama her. Ein Mörder killt schöne Mädchen und lässt sie nackt und mit rasierten Kopf liegen. Der Vater vong den Mädel vong Grenuil denkt, dass seine Tochter das nächste Opfer sein wird. Er haut mit ihr ab, abba der Mörder verfolgt sie. Weil nämlich, Grenuil is der Mörder und bringt sie um und hebt den Geruch auf.

Grenuil is abba nich der Hellste und wird geschnappt. Sagt abba nich, warum er es gemacht hat, obwohl er gefoltert wird. Waterboarding und so. Er labert nur irgendwas von Aufgabe vollenden und wird verurteilt. Als er hingerichtet werden soll, kommen viele Menschen zum public viewing. Plötzlich öffnet Grenuil 1 Fläschchen und alle Menschen sind krass auf Drogen. Es war der Geruch vong die Mädel, die er gekillt hat. Die Menschen feiern ihn und vögeln wild in der Gegend rum, weil sie so high sind vong Geruch her. Am nächsten Tag tun dann alle so, als hätten sie 1 Filmriss und Grenuil wird freigelassen und ein anderer hingerichtet. Wayne interessiert's? Grenuil nich.

Grenuil geht dann zurück nach Paris und bringt sich um. Hat sich abba vorher noch mit »dem« Parfüm eingeschmiert, sodass alle heiß auf seine Leiche sind, denken er wäre 1 Engel vong Geruch her und ihn zerreißen und auffressen. Lecker.

Ende.

I KAM, SAH UND HAN ALLE ABGEZOGEN

– free nach Caesar

DER NAME DER ROSE

Es war einmal 1 Kloster in Italien, wo der junge Adson von Melk lebte. 1327, is krass lang her also. Sein Babo war William von Baskerville, wo war vong Beruf her Franziskaner. Also k1 Bier, sondern 1 Mönch. Im Winter fand dort ein Meeting statt, zu dem alle Babos vom Franziskanerorden eingeladen waren, damit sie dort über wichtige Dinge reden. Armut, Glauben, Macht und so. Kurz vor dem Treffen is abba einer der Mönche gestorben, was ziemlich mysteriös war vong Umständen her, sodass der Klosterboss William bittet, der Sache mal auf den Grund zu gehen. Er denkt, dass William das gut kann, weil der mal Inquisitor war vong Beruf her. Hexenverbrennung und so. Crazy shit. Während William dann so vor sich hin ermittelt, sterben noch mehr Mönche.

Dann passiert noch ganz viel, was eigentlich mit den Morden nichts zu tun hat: Adson verliebt sich in 1 flye Bauernbitch, wo im Kloster arbeitet, es wird ends viel über Philosophie und Religion erzählt, man lernt bisschen was übers Mittelalter vong Zeitgeschehen her, und es wird über Inquisition gesprochen vong Moral her.

Jetzt abba wieder Morde: Die Spur führt in die Bücherei vong Kloster, wo is wie ein Labyrinth angelegt. Der Boss vong den

Büchern is Jorge von Burgos. Der is schon ultra old und müsste eigentlich in Rente sein. abba er passt trotzdem noch lieber auf Bücher auf. 1 davon findet er besonders toll, weil es so besonders is vong 1zigartigkeit her. Es is 1 Ausgabe von dem Aristoteles sein 2. Buch der Poetik – im ersten geht's um die Tragödie (is *heul*) und im zweiten um die Komödie (is *LOL*). Jorge is allerdings bisschen verklemmt und hält das Buch für übelst gefährlich, weil dort Lachen und Freude so gut gefunden wird vong Autor her. Deswegen hat er das Buch mit 1 Gift beschmiert, sodass jeder stirbt vong Anfassen her – und das Buch hat alle gekillt. Fall gelöst! Checka!

William kann sich vorm vergifteten Buch retten, weil er so clever is vong Verstand her. Zieht einfach Handschuhe an, das brain! Abba Jorge zündet die Bücherei an. William und Adson überleben, und das ganze Kloster fackelt ab. Obwohl der Fall gelöst is, freut sich k1 so richtig vong Happy End her. Is ja alles kaputt.

Und was das jetzt alles mit 1 Rose zu tun hat, weiß auch k1 so richtig.

Ende.

**FRÜH
ÜBT SICH,
WAS EIN BABO
WERDEN WILL**

– free nach Schiller

DAS GRUNDGESETZ

(ARTIKEL 1 BIS 10, IN AUSZÜGEN)

ARTIKEL 1

1 Mensch is unantastbar vong Würde her.

Das deutsche Volk, wo is die Menschen, wo leben in Deutschland, bekennt sich zu den Menschenrechten als Grundlage für Frieden, Gerechtigkeit und Niceigkeit.

ARTIKEL 2

Jeder hat das Recht auf Entfaltung vong Persönlichkeit her. abba er darf nicht 1 andere Persönlichkeit dabei verletzen tun. Und kein illegalen Scheiß machen.

Jeder hat außerdem Recht auf Unversehrtheit vong Leben her. Und Freiheit, wenn er k1 illegalen Scheiß gemacht hat zumindestens.

ARTIKEL 3

Alle Menschen sind gleich vong Gesetz her.

Männer und Frauen (wo offenbar nicht alle Menschen sind) sind auch gleich vong Gesetz her. Der Staat is der Babo und passt auf, dass auch wirklich Gleichberechtigung herrscht vong Emanzipation her.

Niemand darf vong **hier 1 beliebiges Wort einfügen, steht sicher drin** her benachteiligt werden.

ARTIKEL 4

Niemand darf die Freiheit vong Glauben her vong jemanden verletzen.

Jeder darf beten, wann und wo er will. Und andere Sachen machen, die sein Gott so vong ihn will.

Niemand muss mit 1 Waffe in den Krieg ziehen, wenn er nicht will vong Gewissen her. Mimimi.

ARTIKEL 5

Jeder darf sagen, schreiben, lesen und malen vong Meinung her, was er will. Die Presse darf machen, was sie will. 1 Zensur findet nicht statt. Penis. Hihi.

ARTIKEL 6

Familien und die Ehe werden beschützt.

Die Erzeugerfraktion darf und muss ihre Kinder erziehen. Der Staat passt bisschen auf, dass die das ordentlich macht.

Man darf Kinder nich vong der Familie trennen. Nur wenn die Familie es nicht drauf hat vong Erziehung her.

Deine Mudda wird vong der Gemeinschaft her geschützt und befürsorgt.

1 Bastard muss genauso vong der Gruppe akzeptiert werden wie 1 eheliches Kind (meistens kann man die ja vong Aussehen her eh nich unterscheiden). So wie Jon Snow.

ARTIKEL 7

Irgendwas mit Unterricht, Lehrern und Bildung vong Schule her ...

ARTIKEL 8

Alle Deutschen dürfen sich ohne Bescheid zu sagen vong Recht her versammeln, abba nur friedlich und ohne Waffen.

Im Freien müssen sie beim Gruppenkuscheln abba aufpassen, kann sein, dass es ihnen 1 anderes Gesetz doch noch verbietet.

ARTIKEL 9

Alle Deutschen dürfen 1 Verein bilden.

Es sei denn, 1 Verein macht was Verbotenes.

ARTIKEL 10

Niemand darf dein Tagebuch lesen vong Postgeheimnis her!

Es sei denn, er darf vong Beschränkung vong Gesetz her. Deine Schwester darf es trotzdem nicht.

WILLST DU IMMER WEITER STEPPEN? DAS GLÜCK LIEGT SO NAH VONG ENTFERNUNG HER

– free nach Goethe

KRIEG UND FRIEDEN

Das is 1 Buch mit sehr vielen Leuten und alle han 1000 verschiedene Namen. Den ächten Namen und dann noch den Namen vom Vatta und dann noch den Nachnamen. Total crazy shit. Voll schwer vong Verwechslung her. Und alle sind auf der Suche nach dem sense of life. Pierre zum Beispiel.

Pierre is 1 Fan vong Napoleon und kommt gerade aus Paris (wo is in Frankreich) zurück nach Sankt Petersburg (wo is in Russland), um sein Papa zu besuchen, weil der kackt gerade ab. Pierres Papa is reich, deswegen muss Pierre mit so lauter Bonzen zu tun ham vong Umgang her und blamiert sich erst mal bisschen. Lernt dann 1 Gang vong Prolls kennen und muss nach Moskau ziehen, weil sie Scheiß gebaut han. In Moskau trifft er sein Kumpel Andrej, der vong seiner schwangeren Frau und dem ganzen Adels-Gossip angepisst ist. Andrej will deshalb lieber in den Krieg ziehen. Vernünftig. Seine Frau soll deshalb in der Zwischenzeit zu seim Vater und seiner kauzigen Schwester Marja aufs platte Land.

Pierres Vater stirbt und Pierre is reich vong Erbe her. Muss also erst mal nicht arbeiten und kann sich 1 bosslife gönnen. Allerdings sind seine Prollkollegen schlecht vong Einfluss her, vor allen Fürst Kuragin. Dieser labert ihn in 1 Hochzeit mit seiner heißen Tochter Helene, wo is 1 Eisklotz vong Gefühlen her.

Andrej macht gerade bei der 3kaiserschlacht mit. Die Generäle sitzen bis spät nachts am Angriffsplan, abba der Chef, Fürst Kutusow, sagt, jetzt sollen erst 1mal alle schlafen gehen und dann entscheidet eh das Schicksal. Morgens will er erst mal gucken, was so geht, bevor er 1 Angriff befiehlt. abba der Oberbabo, der Zar, lässt gegen seinen Willen angreifen, was ziemlich dumm vong Taktik her ist. Sooo blond. Andrej wird schwer verletzt und denkt, er stirbt. Es stellt sich abba heraus, dass er nur 1 Pussy is und bisschen in Ohnmacht fällt. Napoleon himself begnadigt ihn dann.

Pierre lässt 1 Kumpel bei sich wohnen, der abba dummerweise seine Frau heiß findet und mit ihr rummacht. Pierre is dann ziemlich besoffen und will ein Duell mit seim Kumpel – hat abba keine Ahnung vong Schießen her. Er schießt sein Kumpel dennoch an, der denkt, er stirbt (das is wahrscheinlich grad in) und gesteht, dass er gar nicht 1 Draufgänger is, sondern seine Mama ihn für 1 lieben Sohn hält. Helene sagt, dass Pierre sein Kumpel nur erschießen wollte, weil der viel besser im Bett is als er. Das findet Pierre dann nicht so witzig und will die Ehe auflösen. Helene is abba nur gegen Geld dazu bereit. Pierre trennt sich, zieht aus und wird 1 Freimaurer. Is abba enttäuscht, weil er den Sinn des Lebens immer noch nicht gefunden hat.

Andrejs Family denkt, er wäre tot. Seine Frau kriegt 1 Sohn, wo heißt Nikolaj, stirbt bei der Geburt und sieht noch kurz Andrej, der gerade zurückkommt. Andrej lebt dann so bisschen vor sich hin und lernt irgendwann Natascha kennen. Die is noch voll jung. 14 oda so. Kindaficka is. Zwei Jahre später sehen sie sich wieder und wollen heiraten. Nataschas Vater sagt aber, das geht nur, wenn sie vorher 1 Jahr lang Kontakt han. Klappt natürlich nicht. Natascha brennt mit dem blöden Kuragin durch, und obwohl das auch zu nix führt, is die Verlobung aufgelöst.

1812 is dann wieder Krieg, Andrej macht wieder mit und wird wieder 1mal schwer verletzt.

Andrejs Vater stirbt, Marja, wo is Andrejs Schwester, is alleine und wird vong 1 Gruppe Bauern angegriffen. Zufällig kommt der Bruder vong Natascha, Nikolaj, vorbei und rettet Marja. Big love.

Krieg. Alles brennt. Natascha kümmert sich mit ihrer Mudda um Verletzte und kann so endlich ihren Liebeskummer vergessen. Findet Andrej unter den Verletzten, wo er ihr endlich verzeiht. Dann stirbt er. Lame.

Pierre macht in Moskau alles mal mit: Will erst Napoleon ermorden, freundet sich dann abba mit 1 Franzosen an, rettet Kinder, beschützt Frauen, wird in Gefangenschaft genommen vong Krieg her und freundet sich mit 1 Bauern an. Weil der Bauer so down to earth is vong Ansichten her, kommt auch Pierre endlich auf seim life klar und hört auf, nach 1 Sinn zu suchen. Wird dann irgendwann befreit und trifft Natascha, wo er schon immer gut fand.

Alle, wo noch leben, heiraten. Pierre und Natascha und Nikolaj und Marja.

Und weil 1 Happy End nicht philosophisch genug wäre, kommt dann noch 1 Epilog, wo beschrieben wird, dass alle hart unzufrieden sind vong Situation und Politik her und Pierre mit sein Kumpels 1 Aufstand proben will. Wäre ja sonst auch lame.

Ende.

WER AUF 1
SEGELBOOT
IS UND KEINE
AHNUNG HAN
WO ER HINWILL,
FINDET JEDEN
WIND KACKE.

– free nach Seneca

WINNETOU TEIL 1

Schwarzer Adler is 1 Indianer vong Stamm der Apachen und Krieger vong Beruf her. Er soll Gold von den Berg holen, wo Nugget-tsil heißt (nach dem sind die Gold-Nuggets benannt. Chicken McNuggets auch). Auf dem Rückweg wird er vom gangsta Santer angegriffen und getötet, weil der s1 Gold han will.

Dann kommt endlich Winnetou. Der sieht, wie die Bahn Schienen durch 1 Gebiet verlegt, wo den Apachen gehört. Eigentlich war abba abgemacht, dass der deutsche Ingenieur Old Shatterhand (heißt so, weil er 1 harte Faust hat vong Schlag her) die Gleise so im Halbkreis um das Apachengebiet rumlegt.

Der is jetzt auch da, weil er kontrollieren soll, ob sich die Bauarbeiter an den Plan halten. Abba Old Shatterhand checkt dann auch schnell, dass die Strecke falsch gebaut wird, weil der fiese Bauunternehmer Bancroft und sein Kumpel Santer Geld sparen und in die eigene Tasche stecken wollen. Voll das brain. Old Shatty versucht, auf alle einzureden vong Gewissen her, kommt abba nicht so richtig vorang.

Dann tauchen Winnetou und sein weißer Kumpel Klekih-petra auf, wo hat 1. einen Mädchennamen und is 2. Berater vong Beruf her. Sie verhandeln mit Shatty. Dann kommt natürlich auch Santer mal wieder dazu und greift alle an. Das kanner ja. Der Berater mit den Mädchennamen wird erschossen, Winnetou gefangen genommen und an die bösen Indianer, die Kiowa, ausgeliefert. Shatty kann ihn abba nachts unerkannt befreien, er nimmt abba nur Winnetous Kette mit Kralle vong 1 Grizzly mit.

Die Weißen han in der Zwischenzeit mal eben ne Stadt an der neuen Bahnstrecke gegründet und Shatty zieht mit seinen workerz dahin. Überraschung: Santer is schon da. Greift mal wieder an. Schießerei im Saloon, fast alle sterben, dann kommen die Apachen und wollen Rache üben vong Petra her, die Stadt wird zerstört, Shatty und Winnie sind beide verletzt und werden in 1 Siedlung der Indianer entführt.

Er soll mit ein paar Kumpelz am Marterpfahl sterben, abba vorher wird Shatty noch von der Tochter vong den Häuptling »gepflegt«, bis er wieder fit is vong Gesundheit her. Is ja auch wichtig, bevor er stirbt. Dann sagt Shatty: »Hallo i bims der Retter von Winnie!«, kann abba nix beweisen, weil er natürlich die Kette verloren hat. Jetzt soll Gott entscheiden und deswegen wird erst mal wieder gekämpft. Shatty gewinnt und sein Indianer-Girl, die Babotochter, findet die Kette. Shatty und Winnie werden Blutsbrüder.

Winnies sista is jetzt das girl vong Shatty und will die Sprache vong den Weißen lernen in der big ciddy. Dafür braucht sie abba

Geld und deshalb machen sich alle gemütlich auf den Weg zum Berg Nugget-tsil. Shatty trennt sich nur kurz von Winnie und seiner sis. Und da wartet auch schon – surprise – Santer auf die beiden und macht das, was er am besten kann: angreifen. Irgendwer wird erschossen. Shatty kommt zu Hilfe und besiegt gemeinsam mit seim Blutsbro die Bösen. Santer stürzt dann noch theatralisch von 1 Klippe. Dummerweise wird auch Winnies sis schwer verletzt und stirbt. Die beiden Bros sagen dann, wie sehr die 2 sie geliebt han. Machen abba auch ein bisschen den Eindruck, als wären sie mit sich gegenseitig auch ganz zufrieden vong love her.

Winnie wird neuer Häuptling und erbt irgend so eine Dose vong seim Vater. Was 4 1 life.

Ende.

1 HERZ SIEHT BESSER ALS 2 AUGEN

– free nach Saint-Exupéry

DER KLEINE PRINZ

1 Pilot muss mitten in der Wüste notlanden, weil sein Flugzeug is voll abgekackt. Er hat abba nur food für 8 Tage dabei und is deshalb in danger vong seim life her. Er fühlt sich sehr allein, weil keiner vorbeikommt, und pusst rum. Genauso allein hat er sich als kleiner Scheißer immer unter Erwachsenen gefühlt, weil die nicht seine friends sein wollten und fantasy lame fanden. So vong allgemein her. Er wollte nämlich früher immer malen und die Erwachsenen han gesagt, er soll lieber was Vernünftiges machen vong Beruf her. Also isser Pilot geworden.

Nach der ersten N8 in der Wüste weckt ihn so ein Zwerg, der von ihm ein Schaf gezeichnet han will. Freak. Der Pilot kann abba nicht mehr malen vong Talent her und schon gar kein Schaf, voll complicated. Also malt er 1 Kiste und sagt, dass Schaf is da drin. Der Zwerg findet das nice und sagt: »Hallo i bims der kleine Prinz, und ich erzähl dir jetzt mein life.« Voll aufdringlich.

Der kleine Prinz kommt vong kleinen Planeten her, wo krass weit weg ist. Er war in love mit einer Blume, die er abba nicht gecheckt hat (so ähnlich wie mit Frauen), und darum hat er angefangen, Planetenhopping zu machen und Erfahrungen für s1 life zu sammeln.

Auf 6 verschiedenen Planeten hat er lauter crazy Typen getroffen: 1 König, 1 Typ, wo denkt, er wär der geilste, 1 Säufer, wo alles vergessen will, 1 Businessman, wo denkt, ihm gehört alles, 1 Laternenanzünder, wo nur noch ausführt, ohne zu wissen, warum, und 1 Geograf, wo sein Wissen mit aller M8 vergrößern will. Natürlich alles Erwachsene. Dem kleinen Prinzen wird dann gesagt, dass er unbedingt auf die Erde reisen muss, weil da alle so drauf sind.

Auf der Erde trifft der kleine Prinz 1 Schlange, wo sein Bro wird. So richtig viele friends findet er abba wieder nicht. Als er dann auch noch zu einem Rosengarten kommt, wo lauter Blumen sind, die aussehen wie die, wegen der sein heart so gebroken is, fängt er an zu heulen. Seine Blume hat nämlich gesagt, sie wär einzigartig. Die bitch.

Da kommt 1 Fuchs, wo auch voll alone is, und wird der neue Bro vom kleinen Prinzen. »Man sieht nur gut vong 1 Herz her«, talkt er zu ihm. Und noch anderen stuff über love and happiness. Der kleine Prinz lernt dann noch, dass alles einzigartig is und man mit seim heart bei der Sache been muss, um sie zu understanden. Er versteht dann, dass seine Blume doch recht hatte vong ihrer Einzigartigkeit her und will back home. Auf diesem Weg trifft er dann den Piloten.

The problem is: 8 Tage sind rum, food is wech, und das Flugzeug is immer noch kaputt vong Technik her. Obwohl alles voll hoffnungslos is, finden sie im letzten Moment noch Wasser in 1 Brunnen. Sie trinken und fühlen sich wie in 1 neuem life. Der Pilot geht zurück zum Flugzeug, der kleine Prinz trifft die Schlange wieder, die ihm den Weg nach Hause zeigen will.

Der Pilot is jetzt auf einmal 1 krasser engineer und hat sein Flugzeug repariert. Er merkt, dass sein neuer Bro heim will, hat abba Angst, ihn zu verlieren. Er hat ja sonst nicht so viele Freunde in seim life.

Trotzdem walked er mit ihm zusammen da hin, wo der kleine Prinz damals auf die Erde gecrashed ist. Der Prinz schenkt ihm dafür die Sterne. Voll gay. Die Sterne stehen hier abba für sein Lachen vong Symbol her.

Dann kommt die Schlange, beißt den prince of little, und er stirbt. Zumindest sieht das so aus. Eigentlich bleibt nämlich sein Körper auf der Erde, und er selber reist zurück zu seim Planeten. Das hat er vorher auch dem Pilot so erzählt vong Beruhigung her.

Der is trotzdem traurig.

Ende.

SIE WAR'S!
SIE WAR'S!

Lerche, zeigt auf Nachtigall

DIE BIBEL – TEIL 2 VONG AUSZUG HER

DIE XMAS-STORY

Augustus war Kaisa, also der Oberbabo vong die Babos, und wollte endlich mal 1 Überblick über sein Volk ham vong Anzahl her. Also sollte jeder in seine Heimatstadt walken und sich da registern lassen.

Unter anderem auch Josef, wo lebte in Galiläa, abba aus Bethlehem kam vong Geburt her. Er lief mit seiner Frau Maria los. Problem: Maria war schwanger, deswegen war die Reise nicht so leicht vong keine Flugzeuge und Züge her. Btw: Marias Kind war gar nicht von Josef. Sondern von Gott. Der hat einfach in 1 N8 gesagt: »Hallo i bims Gott und du bimst schwanger« – und Maria war schwanger. Klingt komisch, is abba so.

Jedenfalls war es dann in Bethlehem gar nicht so einfach, was zum Übernachten zu finden, weil es noch kein Airbnb gab. Und die Wirte wollten die Schwangere nicht reinlassen, weil sie Angst hatten, dass sie ihnen das Bett vollsaut vong Geburt her.

Und Josef war ja jetzt auch nicht so der Businessman, sondern Zimmermann vong Beruf her – und wer weiß, ob der so ein Zimmer überhaupt payen kann. Letztendlich han die beiden dann in 1 Stall gepennt.

Maria hat dann auch ihr Kind gekriegt und das in 1 Krippe gelegt. Das Kind auf einmal so: »Hallo i bims Jesus kommt alle her und guckt mich an.« Und dann hat so ein krasser Stern angefangen zu leuchten, und alle sind sofort losgelaufen, um Jesus zu sehen.

So'n paar Hirten is sogar 1 Engel erschienen und hat zu ihnen getalked: »Hallo i bims Gabriel, habt keine Angst, ich tu nix – abba lauft mal bitte los, da liegt so ein Kind in 1 Krippe und das is jetzt euer Christus vong Heiland her. Peace und aus.« Und die Hirten liefen los und sind voll ausgeflippt vong Freude her, als sie Jesus gesehen han. Außer ihnen waren noch drei Opas da, die so stuff von Zuhause mitgebracht ham und sich als die drei Weisen vorgestellt han.

Und dann standen alle mega happy im Stall rum und keiner is gestorben. Noch nicht.

Ende.

NACH UNS
DIE GINFLUT

– free nach Marquise de Pompadour

DIE VERWANDLUNG

Gregor wacht auf und is 1 Käfer vong Aussehen her. Isso. Er geht natürlich nicht raus und sagt: »Hallo i bims der Käfer«, sondern denkt erst mal, dass das schon wieder aufhört. Vong allein. Weil er abba nicht aufstehen kann so ohne Beine, labert er erst mal ein bisschen über seinen Job. Gregor war Vertreter vong Beruf her und immer ultra busy. Eigentlich fand er seinen Job abba scheiße und würde seim Babo gern mal so richtig 1 Meinung ins Gesicht sagen, abba das geht nicht, weil er der Einzige is, wo die Family ernähren kann. Jetzt is er ja abba eh erst mal 1 Käfer. Zumindest fast, die Verwandlung is noch im warm-up.

Im Laufe des Vormittags kommt dann ein Kollege vorbei und talked zu Gregors Eltern, dass er sofort ins Büro muss, weil er ohne 1 Entschuldigung nicht einfach zu Hause chillen darf. Gregor hat es bis zur Tür geschafft und der Kollege erschreckt sich übelst, weil Gregor ja aussieht wie 1 Riesenkäfer und nur noch wie ein Tier talken kann. Sein Vater prügelt ihn dann zurück in sein Zimmer.

Das biggeste Problem in der family is nun vor allen, dass Gregor kein Geld mehr ranschafft. Er wollte seiner sista beim Musicstudium helpen vong Finanzierung her, weil sie so nice Geige spielt. Dafür kümmert sie sich jetzt um ihn und versucht, rauszufinden, mit was er so gefüttert werden muss vong Essen her.

Gregor is noch ein bisschen Mensch, wird abba immer mehr zum Käfer. Weil er 1 Bild schützen will, wo er gut findet vong Niceigkeit her, passiert 1 Missverständnis, und seine Mudda denkt, er will sie angreifen vong Aggression her. Sie fällt in Ohnmacht vong Schreck her. Gregor kann in die Küche fliehen und wird vong 1 Flasche verletzt, die aus dem Regal fällt. Später wird er noch mehr verletzt, diesmal durch ein paar apples, die der Vater nach ihm wirft vong Aggression her.

Gregor liegt krank im Bett und isst kaum noch was. Seine family fängt an, ihn zu vergessen, und sein Zimmer wird 1 Abstellkammer. Außerdem zieht noch eine zweite family in die Wohnung ein, damit die erste family wieder Geld für ihr life hat. Gregor darf meistens nicht mehr mitmachen, nur ab und zu, wenn seine family allein is, lassen sie die Tür offen, damit er sich nicht so ausgeschlossen fühlt vong seim life her.

Als einmal die Tür offen is, obwohl beide familys da sind, krabbelt Gregor ins Wohnzimmer, wo seine sista Geige spielen tut. Die andere family sieht ihn und findet die Wohnung auf einmal mega dirty. Sie zieht aus.

Gregors family findet ihn dann auch immer ekliger und will nicht länger ihr life mit ihm teilen. Er merkt das und stirbt.

Die family is wieder happy und macht 1 Ausflug. Alle talken von Neuanfang.

Life goes on. Yeah!

Ende.

I BIMS DER KÖNIG DER WELT

–Titan Nick

WILHELM TELL

1. TEIL VONG GESCHICHTE HER

Es war einmal 1 Bauer in der Schweiz, wo von Söldnern verfolgt wird, weil er einen Burgvogt erschlagen hat. Allerdings vong guten Grund her: Der wollte nämlich seine Frau rapen. Jedenfalls steht er jetzt an einem See und kommt nicht weiter. Vadammt, Alta! Er bittet eine Gruppe Männer, ihn über den See zu bringen, abba die han zu viel Angst vong Unwetter her. Schließlich macht einer den rettenden move und traut sich trotz Sturm zu rudern. Fuck die Henne.

In einem anderen Kanton (voll das lustige Wort für »Bundesland«) talked eine Bäuerin zu ihrm Mann, dass er jetzt mal die Eier han soll, sich gegen die Habsburger durchzusetzen vong Unterdrückung her. Er hat mehr Angst vor seiner Frau als vor den Habsburgern und walked zu seinen Freunden, um 1 Truppe zu bilden.

Tell soll überredet werden, mitzumachen gegen die Habsburger. Will abba nich. Währenddessen verbünden sich noch 1 paar andere Bauern zu 1 gemeinsamen Aufstand der Kantone.

2. TEIL VONG GESCHICHTE HER

Spielt diesmal nicht unter den Bauern, sondern bei den Adligen vong Stand her. Die sind sich nicht so ganz einig, auf wem seiner Seite sie jetzt stehen sollen. 1 versteht die Bauern wegen Aufstand und so, 1 anderer is voll der Fan vong die Habsburger.

Peoplez aus verschiedenen Kantonen treffen sich nachts auf 1 Berg und schwören sich Dinge vong Politik her. Das Ganze heißt dann (Obacht, wichtig!) »Rütlischwur« und gilt als Gründung vong der Schweiz – 1 Eidgenossenschaft und so.

Gecheckt? Sie wollen die Habsburger vong Besatzung her vertreiben und selber die Babos sein. Tell is übrigens wieder nicht am Start.

3. TEIL VONG GESCHICHTE HER

Jetzt is Tell dran. Er robotert auf dem Hof vong Reparaturen her, denn 1 Axt im Haus erspart 1 Zimmermann. Zusammen mit seim Sohn geht er dann bisschen wandern. Auf dem Weg steht 1 Pfahl, wo hat 1 Hut auf. Klingt albern, isses auch. Das Ganze soll abba irgendso 1 Babo sein vong Symbol her und muss deswegen auch so behandelt werden. Tell geht vorbei, ohne ordentlich zu grüßen, und wird verhaftet. So ein Zonk. Der Landvogt (wo is der Babo vong dem ganzen Ackerland und den Bauern in seiner hood) setzt Tells Sohn 1 Apfel auf den Kopf und lässt ihn schießen. Nur wenn er den Apfel trifft, is er frei. Wie wir alle wissen, trifft Tell und wird 1 Held vong Geschichte her. Allerdings hat er einen fiesen move gemacht und 2 statt 1 Pfeil aus dem Köcher gezogen. Der Landvogt will deswegen mit ihm talken. Tell antwortet erst nicht, sagt ihm dann aber, dass er ihn mit dem zweiten Pfeil erschossen hätte, wenn seim Sohn was passiert wäre. Tell wird gefangen genommen.

4. TEIL VONG GESCHICHTE HER

Weil mal wieder Sturm auf dem See is, kann Tell fliehen.

1 Adliger stirbt und sagt allen, sie sollen einig sein. Sein Neffe will einig sein und tritt dem Bund vong Eidgenössigkeit bei.

In the meantime: hohle Gasse (auch wichtig vong Sprichwort her: »Durch 1 hohle Gasse wird er walken«): Tell erschießt den Landvogt, weil er nicht so ganz vong dessen Niceigkeit überzeugt ist.

5. TEIL VONG GESCHICHTE HER

1 Burg wird gestürmt, Gefangene befreit. Es wird ein bisschen über Tells Taten gelabert, und er will schließlich nach Rom, um zu beichten vong Mord her. abba alle peoplez kommen zu ihm und texten ihn zu wegen Heldentat und so. Also bleibt er.

Alle sind happy und frei und machen Käse und Schokolade, bis sie tot sin.

Ende.

1 ROSE IST
1 ROSE IST
1 ROSE

– free nach Gertrude Stein

HAMLET

LEUDE

König Hamlet: »Hallo i bims 1 Geist«

Prinz Hamlet: »Been oder nicht been – das is hier 1 Frage«

König Claudius: »Hallo i bims der neue König«

Gertrude: »Hallo i bims die Witwe von den alten und die bitch von den neuen König«

Polonius: »Hallo i bims 1 Ratgeber«

Laertes: »Hallo i bims der Sohn von Polonius«

Ophelia: »Hallo i bims die Schwester von Laertes«

Rosenkranz und Güldenstein: »Hallo wir sims die Kollegen vom Hamlet«

TEIL 1 VONG GESCHICHTE HER

Am Hof is 1 fette Party, weil der neue König Gertrude heiratet. Weil abba der alte König noch nicht lange unter der Erde is, findet sein Sohn Hamlet nur so mittelgut vong Moral her, was seine Mudda da macht.

Claudius schickt Laertes auf 1 Trip nach Frankreich; bevor der abba fährt, talked er mit seiner Schwester und sagt ihr, sie soll die Finger von Hamlet lassen. Auch der Vater verbietet ihr, mit ihm zu blümeln.

Hamlet erscheint der alte Hamlet (»Hallo i bims 1 Geist«). Der sagt ihm, dass Claudius, wo nun sein Stiefvater is, den alten König umgebracht hat. Hamlet soll sich also an ihm rächen und macht auch gleich konkrete Pläne mit sein Kollegen. Hamlet soll so tun, als hätte er nicht mehr alle Latten am Zaun vong seim mind her, um alles zu vertuschen.

TEIL 2 VONG GESCHICHTE HER

Polonius lässt seinen Sohn in Frankreich ausspionieren. Seine Tochter sagt ihm, dass Hamlet komisch is vong Verhalten her. Er petzt dem König und der ruft die Kollegen von Hamlet an, damit sie rausfinden, warum er so megamäßig abgespaced ist. Die sind allerdings die Bros von Hamlet und sagen dem auch gleich, dass sie ihn eigentlich nur aushorchen sollen.

Ein paar Schauspieler kommen an den Hof und Hamlet will, dass sie ein Stück spielen, in dem es um die Ermordung von 1 König geht – um so Claudius seine Tat zu zeigen vong Konfrontation her.

TEIL 3 VONG GESCHICHTE HER

Polonius will zusammen mit Claudius 1 Gespräch zwischen Ophelia und Hamlet belauschen. Hamlet redet erst von been oder nicht been und disst Opehlia dann übelst, damit sie sich von ihm trennt. Der König checkt aber, was abgeht, und will Hamlet loswerden und ihn als 1 Gesandten nach England schicken.

Das Theaterstück wird aufgeführt. Als der Mord passiert,flattert dem neuen König Claudius das Hemd, und er bricht die Veranstaltung ab. Hamlet und seine Gang zweifeln jetzt nicht mehr an seiner Schuld. Das merkt auch Claudius und bringt Rosenkranz und Güldenstein dazu, den England-Trip vorzubereiten.

Polonius is auf den Geschmack gekommen vong Belauschung her und will das Ganze noch mal machen. Lockvogel is diesmal

Gertrude, Polonius versteckt sich hinter 1 Vorhang. Getrude textet Hamlet zu. Irgendwie eskaliert die Situation aber, und sie ruft um Hilfe, weil sie denkt, ihr Sohn will sie ermorden vong Wahnsinn her. Polonius kriegt hinter seinem Vorhang Panik und schreit mit rum, Hamlet denkt, es is Claudius und ersticht ihn durch den Stoff. 1 Geist erscheint und sagt Hamlet, er soll mal chillen. Gertrude sieht den Geist nicht und denkt, Hamlet is jetzt komplett crazy. Hamlet kann ihr abba alles erklären und am Ende han sie sich wieder lieb.

Claudius checkt, dass eigentlich er statt Polonius hätte sterben sollen, und schickt Hamlet mit seinen Kollegen nach England. Er gibt den Jungs außerdem 1 Brief mit, in dem gewritten steht, dass der König von England Hamlet sofort umbringen soll, wenn er ankommt. Hamlet trifft unterwegs Piraten, das sind so gangsta auf einer Jacht, und dreht um.

Ophelia wird nach dem Tod vong ihrm Vater und der Abreise vong ihrm Lover wahnsinnig und ertrinkt in 1 Bach.

Laertes is back. Weil Claudius mitkriegt, dass Hamlet auf dem Rückweg is, überredet er Laertes, sich mit diesem, sobald er auch back is, zu duellieren. Sie wollen so tun, als sei das 1 lustige Wette vong Sportlichkeit her. Laertes soll abba 1 vergiftete Waffe benutzen – hallo i bims dein Tod.

TEIL 5 VONG GESCHICHTE HER

Hamlet sieht Ophelias Beerdigung und is down low vong Trauer her. Er bitcht Laertes an, und Claudius kann beide zum »Wettkampf« überreden.

Jetzt sterben irgendwie alle. Hamlets Kollegen sind in England angekommen und wurden wegen 1 Brief vom König statt ihm hingerichtet. Claudius hat 1 drink vergiftet, falls Hamlet doch gewinnt. Gertrude trinkt, stirbt. Hamlet verletzt Laertes, der stirbt. Hamlet zwingt den König, den Rest von dem drink zu trinken, der stirbt. Und zum Schluss wird noch die Burg eingenommen und Hamlet stirbt auch. Wird vorher abba noch big friends mit dem norwegischen Prinzen, wo die Burg erobert hat, und kriegt wenigstens als einziger ’ne Beerdigung mit Swag.

Be-erdigung.
Vong been her.
To be or not to be.
Ende.

I BIM SO SATT
I MAG KEIN
BLATT VONG
HUNGER HER

– *free nach Grimm*

DAS NIBELUNGENLIED

TEIL 1 VONG GESCHICHTE HER

Kriemhild: »Oh Mutter, ich hab vong 1 Falken geträumt, der vong 2 Adlern zerfleischt wurde!«

Ute: »Don't worry, Kriemhild. Der Falke steht für 1 Mann und wenn Gott ihn beschützt, wird alles gut.«

Kriemhild: »Ich will keinen Mann!«

Siegfried: »Hallo i bims Siegfried!«

Volk: »Siegfried! Sei unser König vong Herrschaft her!«

Siegfried: »Nö, kein Bock. Ich like zwar den Job hier, abba i bim lieber Ritter als König.«

Kriemhild: »Ich will keinen Mann!«

Siegfried: »Ich will Kriemhild heiraten!«

Siegfrieds Eltern: »Nö.«

Siegfried: »Doch!«

Siegfrieds Eltern: »Nö.«

Siegfried: »Doch!«

Siegfrieds Eltern: »Menno.«

Siegfried bricht nach Worms auf. Kriemhilds Brüder verbreiten Gossip, dass Siegfried angeblich 1 Drache getötet und dann in seim Blut gebadet hat. Und jetzt hat er überall Hornhaut, die ihn safe macht. Dann bisschen hin und her zwischen Siegfried und den Brüdern, am Ende is Siegfried Gast am Wormser Hof, sieht abba Kriemhild nie und verrät auch keinem, dass er wegen ihr da ist.

Kriemhild: »Ich will keinen Mann!«

Sie sieht Siegfried beim Kämpfen

»Oh, okay, den nehm ich!«

Siegfried: »Jetzt will ich abba erst, wenn dein Bruder Gunther eine Frau hat.«

Gunther: »Ich will Brünhild!«

Brünhild: »Ich nehm nur 1 Mann, der wo mich in 3 Wettkämpfen besiegen kann.«

Gunther: »Kannich nich.«

Siegfried: »Ich aber.«

Siegfried kämpft statt Gunther gegen Brünhild, macht abba 1 arglistige Täuschung mit Tarnkappe und so, sodass sie denkt, Gunther habe gegen sie gekämpft. Kitschige Doppelhochzeit.

Kriemhild: »Ich bin schwanger! Wir nennen ihn Gunther.«

Brünhild: »Ich bin schwanger! Wir nennen ihn Siegfried.«

Siegfried: »Macht, was ihr wollt, ich bin König vong Nibelungen und unfassbar reich.«

Kriemhild: »Ich fühl mich schlecht vong Heimweh her.«

Siegfried und Krimhild reisen ohne den Sohn nach Worms. Dort findet ein Turnier statt.

Kriemhild: »Mein Mann is viel toller als deiner!«

Brünhild: »Dei Mudda.«

Kriemhild: »Okay, wer nachher zuerst die Kirche betritt, is Boss.«

Kriemhild wird Boss.

Kriemhild talked mit Hagen, …

Kriemhild: »Ey Hagen, Siegfried hat da übrigens so ne Stelle, an der er nicht safe is vong Unverwundbarkeit her. 1 Blatt lag beim Baden auf seiner Schulter, da is kein Drachenblut drangekommen.«

Dann riesen Missverständnis. Am Ende wird Siegfried von Hagen ermordet.

Kriemhild: »I bim so traurig.«

Brünhild: »I bim die coolste Königin vong Welt. Mir egal, ob du traurig am been bist.«

Hagen: »Kriemhild, lass mal den Nibelungenschatz rüberwachsen.«

Kriemhild: »Nö.«

Hagen: »Bitte.«

Kriemhild: »Okay.«

Kriemhild is aber voll clever und verschenkt Teile vong Schatz an Ritter, die ihr nun was schulden vong Gefallen her. Hagen findet das mehr so mittelgut und versteckt den Rest vong Schatz im Rhein.

TEIL 2 VONG GESCHICHTE HER

Kriemhild: »Ich will Rache vong Siegfried her!«

Etzel: »Hallo i bims der Hunnenkönig. Heiraten?«

Kriemhild: »Auf keinen Fall. – Na gut.«

Etzel: »Du wirst eine große Herrscherin vong Macht her!«

Ortlieb: »Hallo i bims euer Sohn.«

Krass schnell sind 13 Jahre um.

Kriemhild: »Etzel, lad doch mal bitte meine Brüder zu uns nach Ungarn ein.«

Etzel: »Läuft.«

Lädt ein.

Ute: »Hagen, geht nicht, it's a trap!«

Hagen: »Aber dann denken alle, i bim 1 Feigling.«

Sie reiten los.

In Ungarn:

Hagen: »Haha, Kriemhild, du Pussy. Guck mal, ich hab das Schwert vong Siegfried am Start!«

Kriemhild (heimlich zu Etzels Bruder): »Bring ihn um!«

Auf einmal kämpfen alle und Hagen bringt Ortlieb um. Kriemhild und Etzel können entkommen.

Auch Gunther und Hagen überleben das Gemetzel.

Kriemhild: »Gib mir meinen Schatz zurück!«

Hagen: »Nicht, solange einer meiner Herren (aka Gunther) noch am been ist.«

Kriemhild lässt Gunther erschlagen.

Kriemhild: »Gib mir meinen Schatz zurück!«

Hagen: »Nö.«

Kriemhild enthauptet Hagen mit Siegfrieds Schwert.

Alle Männer: »WTF?«

Kriemhild wird getötet, weil sie als Frau einen »Helden« umgebracht hat. Alle weinen.

Wo 1 Liebe is, is am Ende auch 1 Leid.

Ende.

**I SCHENK
DIR VONG
LIEBE HER
1 KACHEL
AUS MEIM
OFEN**

– *free nach Ringelnatz*

DON QUIJOTE

TEIL 1 VONG GESCHICHTE HER

1 verrückter Typ irgendwo in Spanien liest all day long Ritterromane, weil er die so spannend findet vong Handlung her. Und weil er durch diese Romane nicht mehr alle Latten am Zaun hat, will er 1 Tages selber Ritter sein. Er nennt sich Don Quijote, baut sich 1 Rüstung und zieht mit seim klapprigen Gaul in die Welt hinaus, um 1 Burgfräulein zu erobern. Das kennt er noch von früher. Aus seiner Jugend. Vom Sehen. Also das Fräulein.

Jedenfalls zieht er jetzt so durch die Gegend und findet jeden Schrott wahnsinnig ritterlich. Weil das abba sonst niemand so sieht, wird er regelmäßig verprügelt. Das Opfer.

Don Quijote beschließt, beim nächsten Ausritt 1 Bauern als seinen Stallmeister Sancho Panza mitzutaken. Beide sind nicht nur extrem unterschiedlich vong Aussehen her, sondern auch von mind: Don Quijote is voll crazy und mutig und der dicke Sancho eher realistisch und ängstlich am been.

Dann passieren halt so Abenteuer: 1 Kampf von Don Quijote gegen Windmühlen (Riesen vong Einbildung her), 1 Kampf gegen Schafe (Heere vong Einbildung her), 1 Kampf mit Weinschläuchen (Blut vong Einbildung her) – und stuff. Geht natürlich nie gut für ihn aus, das Opfer. Merkt er auch selbst und nennt sich 1 Ritter vong trauriger Gestalt her.

Am Ende stellen ihm dann der Frisör und der Pfarrer aus seim Dorf 1 Falle und bringen ihn back home, weil sie s1 Verhalten nich so nice finden und sich Sorgen machen.

TEIL 2 VONG GESCHICHTE HER

Don Quijote is wieder unterwegs vong Abenteuern her. Diesmal is abba alles ein bisschen gechillter, weil die peoplez ihn schon kennen vong Teil 1 vong Geschichte her. Lustige Löwenstory: Der Don trifft auf 1 Tiertransport und talked so lange mit dem Wärter, bis der ihn in den Käfig zu dem Löwen lässt. Der Löwe is abba grad am snoozen und dreht sich weg. Don Quijote erklärt sich also zum Gewinner vong Kampf her. Aus 1 Ritter vong trauriger Gestalt her wird 1 Ritter vom Löwen.

Someday begegnet 1 Ritter vom Löwen 1 Ritter vom silbernen Mond – der steckt allerdings mit dem Frisör und seim Kollegen, dem Pfarrer, unter 1 Decke und überredet den Don, wieder nach Hause zu gehen.

Dort kriegt er dann 1 Fieber und es geht ihm immer schlechter vong Krankheit her. Und plötzlich – hallo i bims die Erkenntnis – merkt er, dass er ja schon 'n bisschen strange unterwegs war die letzten Jahre. Schiebt alles auf die Ritterbücher und regrettet, dass er das so spät gecheckt hat.

Ende vong Geschichte und Leben.

OH,
TANNEBAUM

– vong Weihnachtsmann

1984

Winston is ziemlich einsam und unglücklich in seim life. Ein Teil davon hat mit dem System zu tun, wo er lebt. In seim Land gibt es 1 Partei (aka Big Brother, so wie die Show, nur much bader) vong Herrschaft her, die alle unterdrückt, überwacht und alles bestimmen will. Und nein, sein Land is nicht USA. Sondern Ozeanien. Außer Ozeanien gibt's angeblich noch Eurasien und Ostasien, abba das is alles nicht so ganz safe. Jedenfalls arbeitet Winston im Ministerium für Wahrheit und is Faktenverdreher vong Beruf her. #lügenpresse #alternativefakten. Die Polizei in seim Land heißt Gedankenpolizei, weil sie echt alles überprüft vong Kontrolle her. Das Ganze is ein bisschen gefährlich für Winston, weil er die Partei scheiße findet und sich das nicht anmerken lassen darf, weil er sonst tot is vong Gesetz her. Also schreibt er heimlich 1 Tagebuch.

An 1 Tag lernt er dann Julia kennen. Julia is in der Jugendliga gegen Sexualität und Winston hat zuerst Angst, dass sie voll brainwashed is, und versucht, ihr aus dem Weg zu steppen. Sie is abba voll smart und sorgt dafür, dass er über sie stolpert und steckt ihm heimlich 1 Zettel zu, wo draufsteht: Ich liebe dich. Voll romantisch vong Gefühlen her. Es is abba voll schwer für Winston, sie zu treffen, weil man sich in seim

Land nicht so einfach anrufen darf, weil alles überwacht wird. Als sie es doch schaffen, talken sie über ihren Hass auf das System – Julia sieht das alles genauso wie Winston vong Meinung her. Sie mieten sich dann auch ein Zimmer, in dem sie knattern, was abba eigentlich total verboten is, weil man als Mitglied der Partei kein Sex han darf, weil der nur zur Fortpflanzung dienen soll vong Zweck her. Und auch das soll abgeschafft werden.

Winston und Julia sind deep in love und planen 1 gemeinsame Zukunft im Untergrund. Winston will vorher abba noch bisschen die Partei bekämpfen vong Widerstand her und talked zu seim Bro O'Brian, weil er den für gleich gesinnt hält vong Einstellung her. Dummerweise is der abba genauso bei der Partei wie der Besitzer vong dem Zimmer, wo Julia und Winston immer mieten, und die beiden werden verhaftet.

In Gefängnis (aka Ministerium für Liebe) drin wird Winston von O'Brian gefoltert und gebrainwashed. Dann wird's über weite Strecken ziemlich politisch vong Subtext her ... Winston denkt jedenfalls am Ende, dass er selber keine Würde mehr hat und die Partei ihm da raushelfen kann. In 1 Nacht träumt Winston abba vong Julia, und O'Brian merkt, dass Winston immer noch in love is – mit Julia, nicht mit der Partei. Also kommt es zur letzten Stufe der Folter vong Grausamkeit her: Es gibt 1 Zimmer, wo jeder Mensch seiner krassesten Angst begegnet. Bei Winston sind das Ratten, wo hungrig sind und sich durch sein face fressen sollen. Aus Panik verrät Winston Julia und sagt, sie sollen lieber Julia damit foltern als ihn. #fail.

Weil Winston dann fertig gebrainwashed is, wird er entlassen vong Freiheit her (das Wort gibt's übrigens in der Sprache vong seim Land nicht mehr – böse Wörter wurden gestrichen) und trifft Julia. Die sagt ihm, dass sie ihn auch verraten hat und keine Gefühle mehr für ihn hat vong Liebe her. Winston fängt an, Berichte über 1 Krieg gut zu finden, vong dem er früher dachte, er is gar nicht real am been. Merkt dann, dass er wieder in love ist. Mit Big Brother.

Sehr. Frustrierendes.
Ende.

SESAM, MACH AUF

– vong 1001 N8

DIE BIBEL – TEIL 3 VONG AUSZUG HER

DIE 10 GEBOTE

1. I bims, der Herr, dein Gott. Du sollst k1 anderen Gott ham außer mir
(Is klar, oder?)

2. Du sollst den Namen deines Gottes nicht missbrauchen
(Vong schlecht über ihn talken her. Oder überhaupt über ihn talken. Du musst ja nicht ständig »Oh, Gott« sagen – ein einfaches »Verfickte Kackscheiße« tut es doch auch.)

3. Du sollst den Feiertag heiligen
(Halt, mal 1 bisschen zurücksteppen. Und nich mit Fenster runter und Kay One laut aufgedreht Vollgas durch die hood cruisen am Sonntag.)

4. Du sollst dein Vater und deine Mudda ehren
(Ja, auch dein Dadster.)

5. Du sollst nicht töten
(Jeder hat 1 Recht zu been.)

6. Du sollst nicht ehebrechen
(Hat nichts mit erbrechen zu tun. Fick halt nicht rum.)

7. Du sollst nicht stehlen
(Mal kurz ausleihen is vong Definition her abba bestimmt erlaubt …)

8. Du sollst nicht falsch Zeugnis reden wider deinen Nächsten
(Gossip-Verbot! Gilt wahrscheinlich nur für Trullas …)

9. Du sollst nicht begehren deines Nächsten Haus
(Gilt auch für die Playsi, den Mercedes und das Nutella-Pausenbrot in der großen Pause.)

10. Du sollst nicht begehren deines Nächsten Weib, Knecht, Magd, Vieh noch alles, was dein Nächster hat.
(Lass einfach die Finger von Sachen, die nicht dir gehören. Und wenn dein Bro Knecht, Magd und Vieh hat und die auch so nennt, solltest du vielleicht auch die Zeitmaschine wieder zurückhandeln, Marty!)

333
ISSOS
KEILEREI

– nicht vong
Alexander dem Großen

DER RABE

Gedicht und so. Das ist jetzt nur was für die ganz Harten unter euch.

1nst war 1 Mann so am Recherchiern,

aber schon sehr müd am been,

als es klopfte, dachte er,

nur 1 Alpha-Kevin hier.

Außerdem war ihm arschkalt ,

und weggelaufen seine Alt',

soll es draußen klopfen halt,

hoffentlich is es Morgen bald.

Doch der Mann war auch ein Schisser.

»Draußen am been is nur ein Pisser«,

sagte er sich – doch war nicht sicher

und öffnete die Tür dem Disser.

Dunkel war's vong der Nacht her,

ansonsten sah er gar nicht mehr,

zurück ins Haus ging er sehr

schnell vong Angst vor Geistern her.

Vorher hatte er noch mit 1 halbem Ohr

gehört den Namen seiner Ex, Leonor.

Und auch drinnen kam's ihm vor,

als klopfte es weiter vong seim Tor.

Doch vom Fensta kam der Ton,

also ging er hin verfrorn

und öffnete dem Gangsta schon,

als herein kam 1 Rabe geflohm.

Der Mann war nun erleichterter

und steppte hin zu ihm dichter.

»Wie heißt du denn vong Namen her?«

Der Rabe sagte »Nimmermehr«.

Es verwunderte ihn sehr,

dass nun von der Veranda her

ein Rabe in seim Haus drin wär,

der hieß vong Namen Nimmermehr.

Und weil so traurig am been war er,
machte es ihm s1 Seele schwer,
dass morgen s1 gefiederter Freund wieder weg wär.
Doch das Tier talkte »Nimmermehr«.

Ihm war so bad vong Feeling her,
und er vermisste seine Alte so sehr,
dass er den Raben fragte: »Wann sehen wir uns wieder?«
Der Rabe talkte »Nimmermehr«.

Dann folgten noch so zwei, drei Fragen,
der Mann war jetzt schon hart am Klagen
und hörte jedes Mal den ollen Raben
»Nimmermehr« vong Düsterkeit her sagen.

Und vong da an bis heute her

auf der Gardinenstange am been is er.

»Werd ich jemals wieder froh vong Feeling her?«

Der Rabe talkte »Nimmermehr«.

Ende.

BEI RISIKEN UND NEBEN- WIRKUNGEN FRAGEN SIE 1 ARZT ODER APOTHEKER

– vong Rezept her

DER AUTOR

Rolfgang vong Goethe wurde als Kind seiner Eltern geboren. Er flog erfolgreich vong 1 Schule und sah nie eine Universität vong innen. Das Schreim war schon immer seine Leidemschaft, die er irgendwann zu seim Beruf machte, weil er sonst nichts konnte. Er lebt in 1 Gebiet, das ungefähr so groß ist wie das Saarland, und freut sich über seinen lustigen Namen.

Bibliografische Information der Deutschen Nationalbibliothek
Die Deutsche Nationalbibliothek verzeichnet diese Publikation in der Deutschen Nationalbibliografie. Detaillierte bibliografische Daten sind im Internet über http://d-nb.de abrufbar.

Für Fragen und Anregungen:
info@riva-verlag.de

Originalausgabe
3. Auflage 2018

Nymphenburger Straße 86
D-80636 München
Tel.: 089 651285-0
Fax: 089 652096

Redaktion: Dr. Carina Heer
Umschlaggestaltung & Layout: Isabella Dorsch
Umschlagabbildung: Shutterstock.com/Pixeljoy
Satz: Digital-Design; Eka Rost
Druck: GGP Media GmbH, Pößneck
Printed in Germany

ISBN Print 978-3-7423-0457-5
ISBN E-Book (PDF) 978-3-95971-990-2
ISBN E-Book (EPUB, Mobi) 978-3-95971-991-9